« Dans les générations passées,
le secret de famille demeurait un sujet tabou. Un objet d'étude réservé aux psychanalystes qui ont clairement démontré les conséquences néfastes du silence. Aujourd'hui, ce dernier se fissure et les langues se délient . »

Frank Giroud

En creusant cette idée, Frank Giroud développe une série de récits, appelés SECRETS. En France ou ailleurs, parmi les soubresauts de l'Histoire, les SECRETS lèvent le voile sur les mystères familiaux.

Les SECRETS se déclinent en plusieurs cycles indépendants de deux ou trois volumes. À chaque cycle son dessinateur, à chaque dessinateur sa personnalité et son style, intime ou haletant.

Secrets

L'Écharde
Cycle en 2 tomes

SCÉNARIO : FRANK GIROUD
DESSIN : MARIANNE DUVIVIER

Tome 1
Tome 2

L'Écorché
Cycle en 2 tomes

SCÉNARIO : FLORENT GERMAINE ET FRANK GIROUD
DESSIN ET COULEURS : RUBEN PELLEJERO

Tome 1
Tome 2

Le Serpent sous la glace
Cycle en 3 tomes

SCÉNARIO : FRANK GIROUD
DESSIN : MILAN JOVANOVIĆ

Tome 1
Tome 2
Tome 3

Samsara
Cycle en 2 tomes

SCÉNARIO : FRANK GIROUD
DESSIN ET COULEURS : MICHEL FAURE

Tome 1

Secrets

L'ÉCHARDE

TOME 1/2

Dessin
MARIANNE DUVIVIER

Scénario
FRANK GIROUD

Couleurs
BERTRAND DENOULET

EMPREINTE(S)
DUPUIS

À mon père...
M. D.

Merci à mes ancêtres, qui ont quelque peu compliqué ma vie familiale... mais qui m'ont ainsi donné l'envie d'écrire ces *Secrets* !
Merci également à Pierre Péju pour ses *Naissances*, et merci enfin à Biscotte, Marie et Virginie qui ont balayé de leur œil critique et avisé la première mouture de ce scénario.
F. G.

Conception et réalisation graphique : Didier Gonord.

D.2004/0089/212 — R.12/2007.
ISBN 978-2-8001-3603-5

Imprimé en Belgique.

www.dupuis.com

Je me demande comment tu peux supporter une eau aussi froide!
Avril 1968 - Gorges de la Crouze.
Si tu y mettais davantage que les orteils, tu ne poserais plus la question.
Tu vois, après ce genre de trempette, je me sens parée à tout affronter!... Même la rentrée!
Et maman?
Oh zut, je l'avais oubliée, celle-là! Tu ne veux pas lui... ?
Ah, non, Hélène! C'est toujours moi qui m'y colle!
Normal. Quand c'est toi qui lui présentes la pilule, elle l'avale toujours mieux! On dirait qu'elle a peur de t'affronter!
Tu parles!
1

Quoi?! Regarde quand tu lui as dit que tu allais t'installer à Paris!
Papa a tiré la gueule pendant une semaine, mais du côté de maman... comme une lettre à la poste!
N'exagérons rien!
Ce n'est pas toi qui as dû subir ses jérémiades jusqu'au départ!
En tout cas, rien à voir avec sa crise d'hystérie quand je lui ai annoncé le mien!
C'est vrai, je ne l'avais jamais vue comme ça!
Pourtant, je ne débarquais pas en Papouasie! Je m'installais chez toi!
Justement! On aurait dit que c'est ce qui la terrorisait le plus! Comme quoi...
Hé! N'essaye pas de te défiler!
Me défiler?! Ça, c'est la meilleure! Qui est-ce qui se défile, dans l'histoire?

Alleeez, Annette! Tu sais mieux y faire que moi! T'auras qu'à prendre l'air contrit au moment de l'éternel refrain!
"Dire que je reste enfermée toute la sainte journée pour préparer vos plats préférés!..
"Et voilà comment on me remercie...
"Quand je pense à tout ce que je fais pour vous!..
"Et quand je vois comment je suis récompensée!..
"Les filles les plus ingrates du village?..
"Annette et Hélène Picot!..
Bon! Alors, c'est toi qui lui parles, d'accord?
Pas question! Apprends à te mouiller un peu, dégonflée! Et pas seulement dans les torrents glacés!

* Équivalent féminin des scouts.

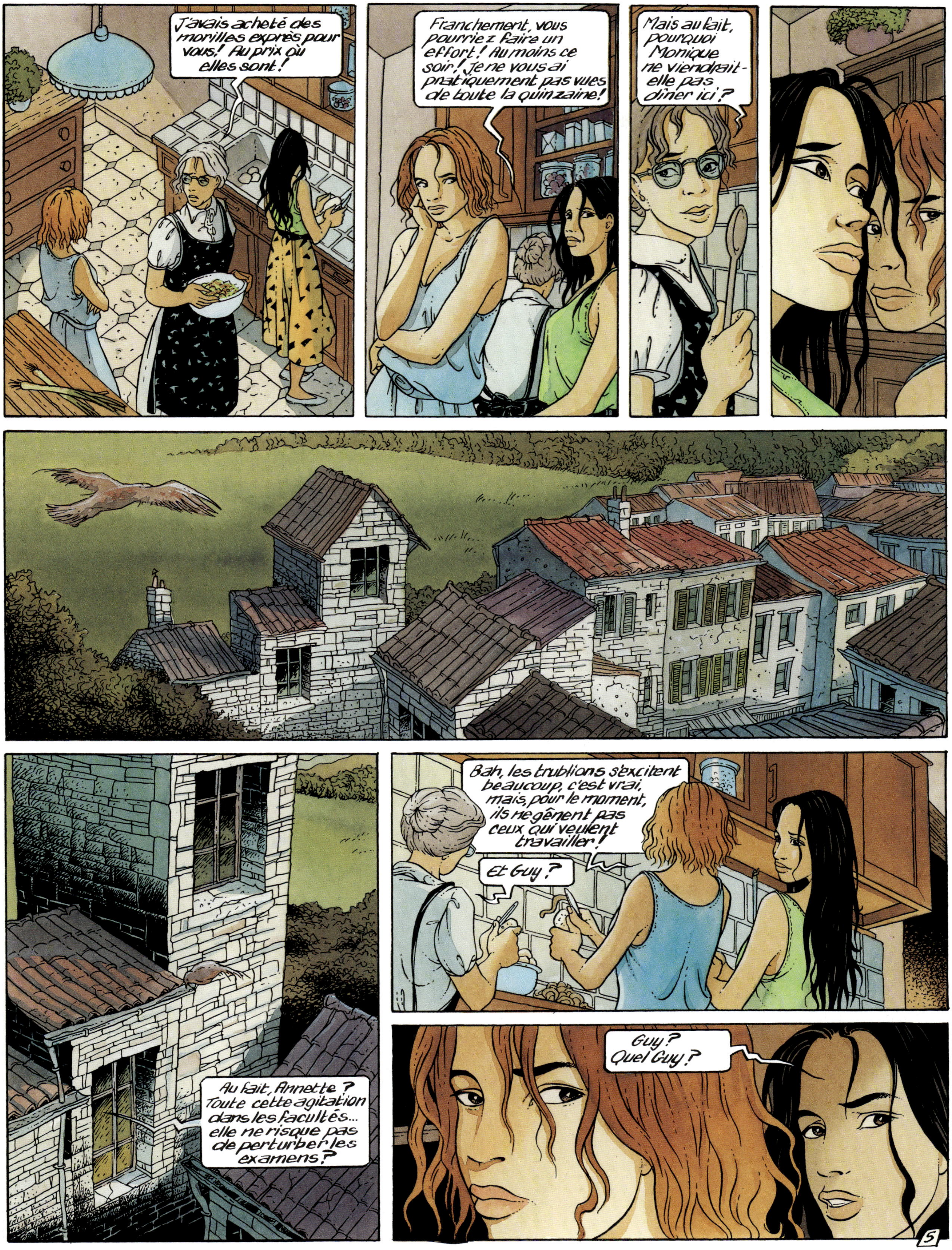
J'avais acheté des morilles exprès pour vous! Au prix où elles sont!
Franchement, vous pourriez faire un effort! Au moins ce soir! Je ne vous ai pratiquement pas vues de toute la quinzaine!
Mais au fait, pourquoi Monique ne viendrait-elle pas dîner ici?
Au fait, Annette? Toute cette agitation dans les facultés... elle ne risque pas de perturber les examens?
Bah, les trublions s'excitent beaucoup, c'est vrai, mais, pour le moment, ils ne gênent pas ceux qui veulent travailler!
Et Guy?
Guy? Quel Guy?
5

Tss-tss! Tu oublies que maintenant, quand il téléphone, il daigne enfin se présenter! Alors? C'est un garçon sérieux ou un de ces trublions?
Pff! Trublion! Tu n'as pas trouvé un nom plus ridicule?
Figurez-vous que ces "trublions" sont sûrement les personnes les plus sensées de toute la fac! Ils cherchent simplement à ôter leurs œillères à tous les moutons qui viennent sagement brouter le savoir!
Sans se poser la moindre question sur l'avenir de la société qu'on leur impose!
Oui! Brouter! Mêêêê! Mêêê! Mêêê!
Hélène!
Quoi, Hélène? Hélène, elle veut un monde meilleur! Comme les trublions!
6

Oui, bon, mais en attendant, est-ce qu'elle voudrait bien mettre les patates sur le feu?
Décidément, je sens que la révolution ne recrutera pas ses troupes d'élite dans cette baraque!
Et toi, Annette, va chercher ton père! Qu'il ait le temps de se changer avant que Monique et ses parents n'arrivent!
Où est-il?
Où veux-tu qu'il soit? Dans son atelier bien sûr!
AAAAAAAAA
7

PIERRE DUVIVIER
EUGENE CHAVES 1910-1962
Fin avril, cimetière de Saint-Agnel.
Quand même! Qu'est-ce qui lui a pris?! Il avait un emploi sérieux, une belle maison, des filles superbes!
Oh, moi, ça m'étonne pas tellement!
Ah! Marie-Louise! C'est vrai qu'elle n'est pas drôle tous les jours!
Oui, mais de là à se pendre!
Y avait pas que ça. D'abord, comme lunatique, il se posait là, le père Picot! Un jour, je te salue avec le sourire, et le lendemain, je te tire une mine de croque-mort!
D'abord, ses filles, elles étaient loin! Depuis l'an dernier, le Robert, il se retrouvait tous les soirs en tête-à-tête avec sa pisse-vinaigre!
Le lendemain, le surlendemain et les jours d'après! Moi non plus, je ne suis pas surprise de le retrouver là. Depuis un mois, il avait vraiment une tête d'enterrement.
8

Moi, je dis que c'est à cause des petites : les savoir seules à la capitale, ça lui a rongé les sangs, à cet homme !
Faut dire que la plus jeune, c'est un sacré numéro !
Ici, elle faisait déjà les quatre cents coups ! Alors, à Paris, je vous dis pas !
Heureusement, l'aînée est plus raisonnable...
Pensez-vous ! Il paraît qu'elle s'est amourachée d'un homme divorcé !
Ouiii ! Il a même un petit garçon !
C'est un médecin, non ?
C'est surtout un drôle de loustic ! Vous vous rendez compte, il ne s'est même pas déplacé ?! Dans un moment pareil !
Courage, ma petite Annette ! C'est une épreuve difficile, mais je sais que vous aurez la force de la surmonter. Il le faut ! Pour votre maman !
Allez, Marie-Louise ! Du courage ! Et si vous avez besoin de quoi que ce soit n'hésitez pas, nous sommes là !
PAPA
Allez, Papa ! On court ?! D'accord ?!
9

D'accord!
Alors, hue! Huuee!
Huuuuuue!
Hé! Tes mimines sont gelées! Allez, descends! On va allumer du feu. On y mettra nos marrons et on fera des tartines de chocolat fondu!
Ouaaiiis!
Dis, papa...
Oui?
Tu sais, Monique? Eh bien, elle est rentrée aux jeannettes. Il paraît que c'est super bien!
Tu pourras m'envoyer dans un camp, moi aussi?
Ben quoi? Kess qu'y a?
10

Hein? Heu..., non, rien! Mais, tu n'es pas un peu jeune pour aller là-bas?
N'importe quoi! J'ai le même âge que Monique!
Alors, il a pas voulu?
Ben, il a pas dit non, mais si t'avais vu sa tête!
Tu sais, j'crois bien que Monique, elle nous a pas tout dit! En vrai, y doit se passer de drôles de trucs aux Jeannettes!
Mais pourquoi?! Pourquoi?
11

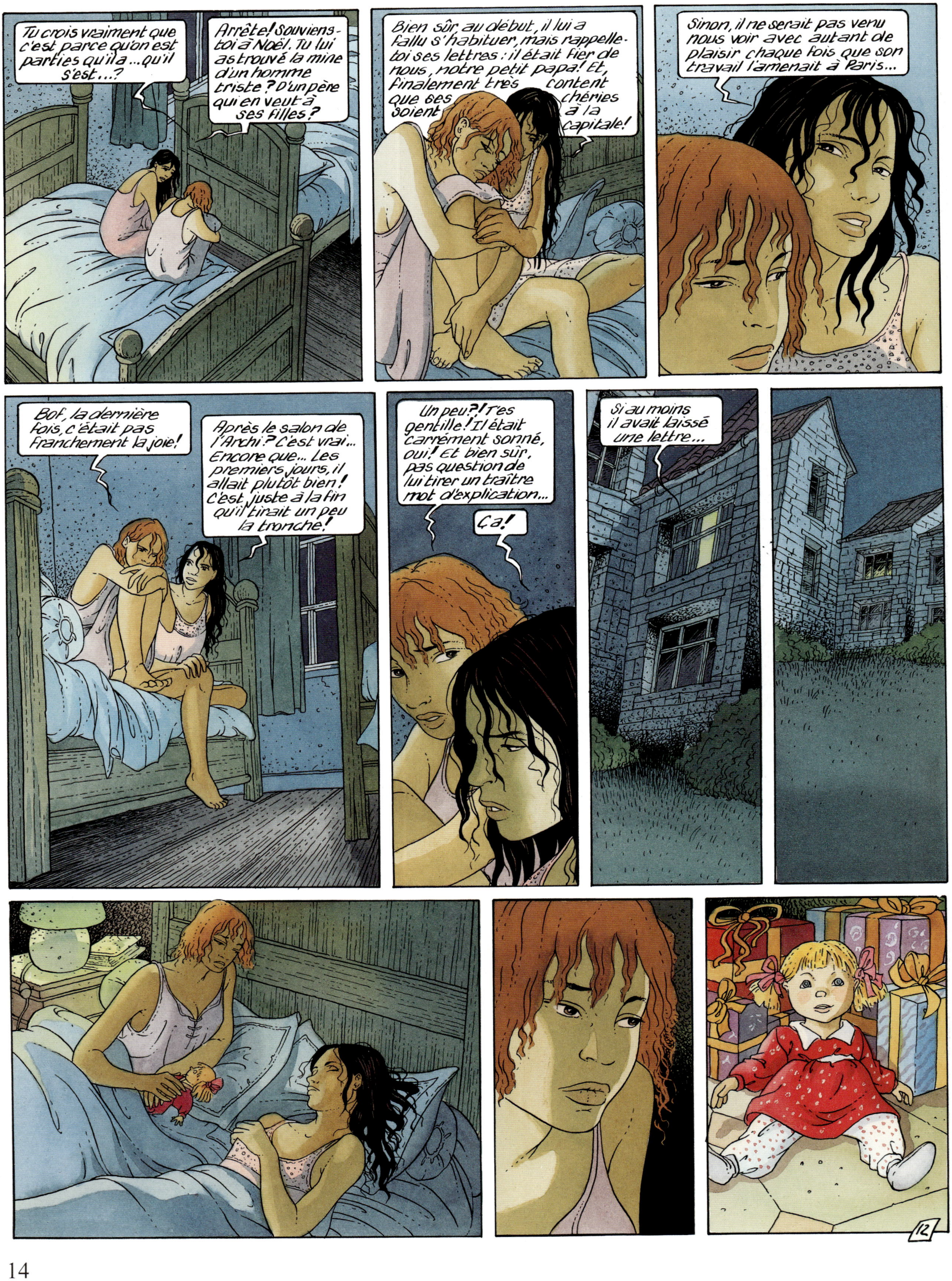
Tu crois vraiment que c'est parce qu'on est parties qu'il a ... qu'il s'est ...?
Arrête! Souviens-toi à Noël. Tu lui as trouvé la mine d'un homme triste? D'un père qui en veut à ses filles?
Bien sûr, au début, il lui a fallu s'habituer, mais rappelle-toi ses lettres : il était fier de nous, notre petit papa! Et, finalement très content que ses chéries soient à la capitale!
Sinon, il ne serait pas venu nous voir avec autant de plaisir chaque fois que son travail l'amenait à Paris...
Bof, la dernière fois, c'était pas franchement la joie!
Après le salon de l'Archi? C'est vrai... Encore que... Les premiers jours, il allait plutôt bien! C'est juste à la fin qu'il tirait un peu la tronche!
Un peu?! T'es gentille! Il était carrément sonné, oui! Et bien sûr, pas question de lui tirer un traître mot d'explication...
Ça!
Si au moins il avait laissé une lettre...
12

Une poupée! Elle est magnifique!
Oh, merci, 'pa! Merci, 'man! C'est juste ce que je voulais!
Je l'appellerai Julienne!!
?!?
Mais pourquoi Julienne?
Pourquoi pas? C'est joli, non?
C'est-à-dire... Ce n'est pas vraiment un nom de poupée! Tu ne préférerais pas... je ne sais pas, moi... Martine? Isabelle? Nina?
Tiens, oui... Nina! Je trouve que ça lui irait très bien!
Non, c'est Julienne!
13

Tu avais vraiment besoin d'amener ça?!
Oui!
Ah! Voilà le bus!
Allez, 'man! Courage! Et tu viens nous voir, hein? Promis!?
Promis!
74

J'aime bien te sentir!
Ah oui?
Oui, tu sens comme un ours!
Un ours? Tu as déjà senti des ours, toi? Tu es sûre que ce n'est pas plutôt un mouton?
Ouiii!!! Oui! Un mouton! T'es mon gros mouton!! T'es mon gros mouton papounet!

Paris - Belleville.
... Redouble dans les lycées, les assemblées générales - les fameuses "A.G." se multiplient, mêlant indifféremment professeurs et étudiants, et l'université de Nanterre est toujours occupée.
Daniel Cohn-Bendit a d'ailleurs déclaré à nos confrères d'R.M.C. ...
Tu te souviens du nom de l'hôtel où est descendu Papa, la dernière fois ?
Toujours le même : Le Varin.
C'est curieux : dans sa canadienne, j'ai trouvé un reçu délivré par l'hôtel de la Préfecture...
Hé, mais...? Tu as vu la date ? 15 mars ! C'est bien après son congrès !?!
Hein ?! Papa serait venu sans nous le dire et sans passer nous voir ?!?
Ça m'en a tout l'air. Je me demande bien pourq... Tiens ? C'est quoi cette inscription ?
Moreau
A. j.
44.78 37 P.P.
Aucune idée...
Décidément, Papa n'a jamais été du genre transparent, mais dans les derniers temps, il s'est surpassé !
Moi, je serais curieuse d'avoir l'avis de Maman, là-dessus...
16

CAFE
CAFE-BAR
Monsieur Picot ? Je peux vous parler cinq minutes ?
??
Bien sûr. Attendez-moi là, les filles !
Jetez un coup d'œil là-dessus. Ce sont les dessins d'Annette.

Oui, ils sont un peu... un peu sombres!
C'est le moins qu'on puisse dire! Annette n'a pas de problème particulier à la maison?
Pas du tout! Viens voir, Annette...
Dis-moi, mon cœur, la maîtresse vient de me montrer tes dessins... Ils sont très beaux, tu sais! Mais... pas très drôles! Pourquoi des scènes aussi tristes ?!?
Chais pas... Elles me viennent comme ça...
Hum... Je sens qu'on a besoin de se changer les idées, hein? Allez! Dimanche, on va voir les antilopes au zoo! D'accord!?
TÛT-TÛÛÛT!
18

Comment va le moral ? Tu tiens le coup?
Mmh...
Hé, ho! Tu vas pas faire la gueule pour un quart d'heure de retard?! Hein, ma princesse?
Ce n'est pas pour le retard que je t'en veux! C'est pour l'enterrement...
Oui, je sais... Moi aussi, je m'en veux... Mais il a fallu que je garde Eric : sa mère est partie huit jours à Londres...
...Et franchement, je me voyais mal traîner un gamin de quatre ans à des funérailles!
COIFFEUR
Mais tu ne m'as pas répondu! Tu tiens le choc?
Je le tiendrais mieux si je trouvais une explication à son geste...
Tu sais, je crois que...
EPICERIE
AU BON R
Allons, bon!?

RBONNE EN GREVE
TUDIANTS-ENSEIGN
TOUS UNIS!!
NON A LA SELECTION!
IONNAIRE
SEULE
Il fallait s'y attendre! À force de flanquer la pagaille dans tous les amphis, ces idiots ont attiré les flics!
Tu veux y aller quand même?
Ben, tiens! Tu crois qu'en juin, les profs vont nous distribuer les diplômes dans des pochettes-surprises!
On ne passe pas!!
Pourquoi? Je ne viens pas faire la révolution, je viens travailler!
Justement: laissez-nous dégager le terrain!
Mais...
Viens, Annette!
RAVES
Ils vont quand même pas rentrer dans la fac!?!
Attention!
UNIS
20

Philippe ?!
Oui ?

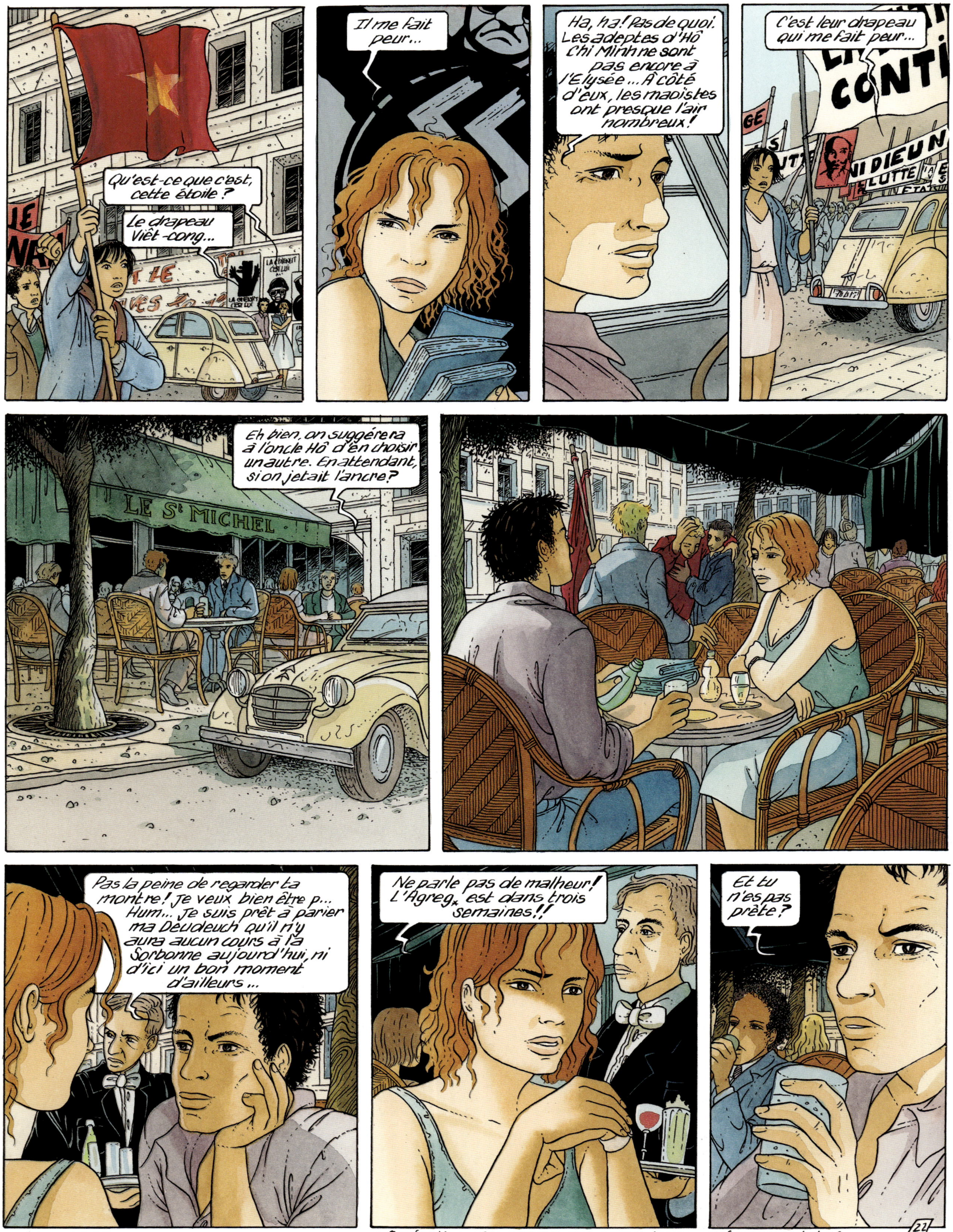

* Agrégation : Concours de recrutement pour professeurs de lycée.

* Elèves rémunérés de l'Ecole Nationale des Chartes, qui forme des bibliothécaires et des archivistes-paléographes-

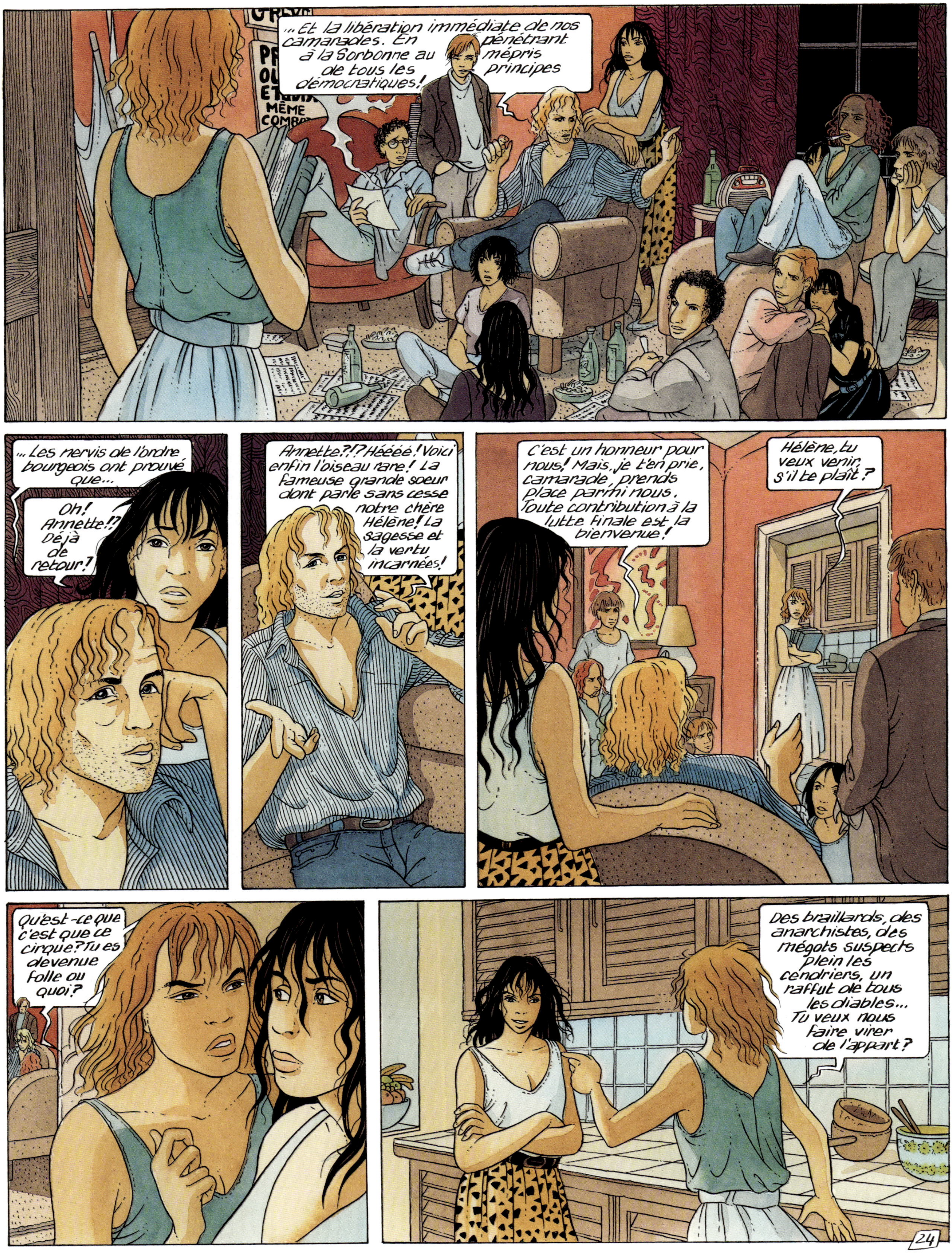
...Et la libération immédiate de nos camarades. En pénétrant à la Sorbonne au mépris de tous les principes démocratiques!
...Les nervis de l'ordre bourgeois ont prouvé que...
Oh! Annette!? Déjà de retour?
Annette?!? Hééé! Voici enfin l'oiseau rare! La fameuse grande soeur dont parle sans cesse notre chère Hélène! La sagesse et la vertu incarnées!
C'est un honneur pour nous! Mais, je t'en prie, camarade, prends place parmi nous. Toute contribution à la lutte finale est la bienvenue!
Hélène, tu veux venir, s'il te plaît?
Qu'est-ce que c'est que ce cirque? Tu es devenue folle ou quoi?
Des braillards, des anarchistes, des mégots suspects plein les cendriers, un raffut de tous les diables... Tu veux nous faire virer de l'appart?
24

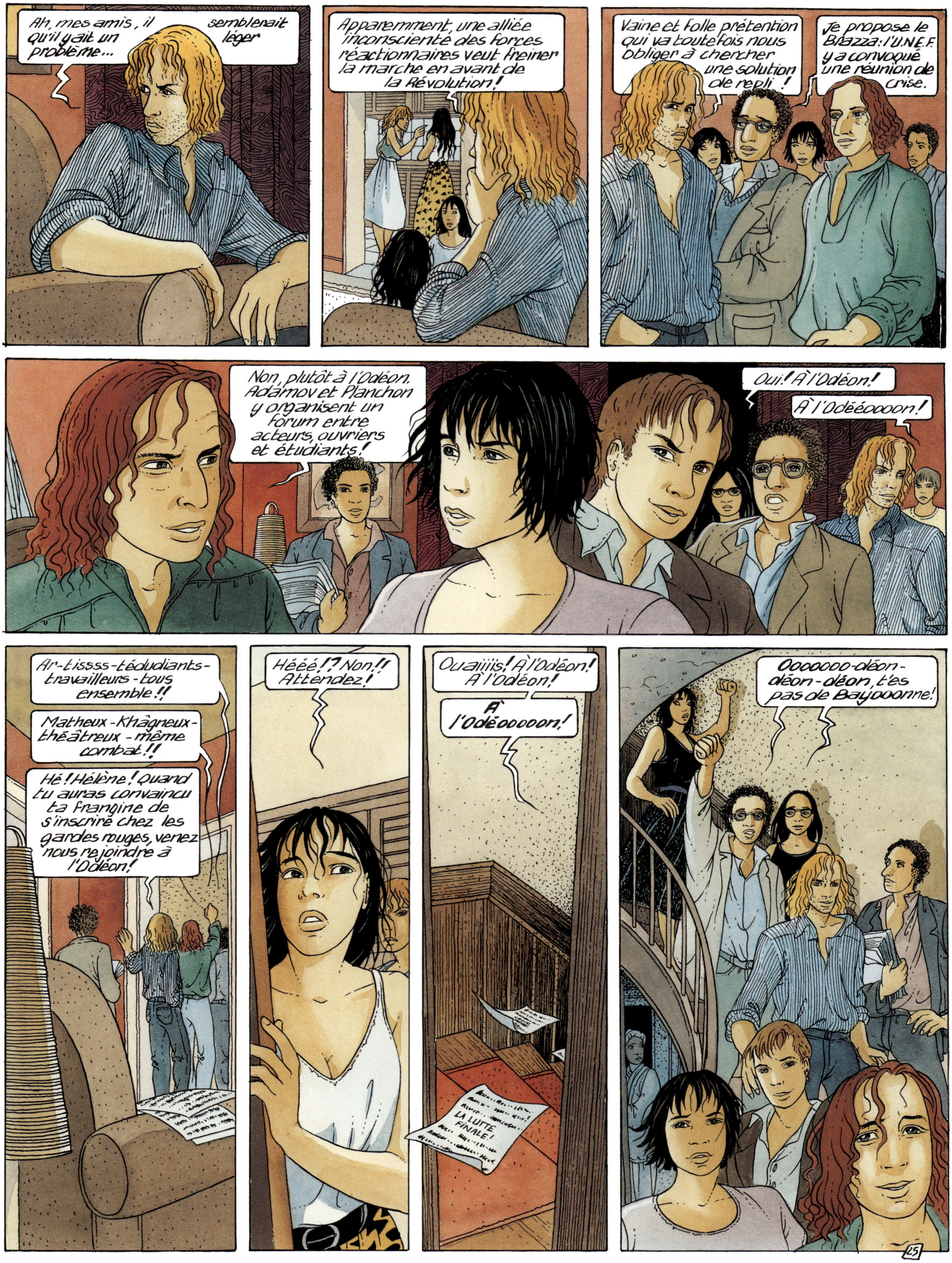

Ah, mes amis, il semblerait qu'il y ait un léger problème...
Apparemment, une alliée inconsciente des forces réactionnaires veut freiner la marche en avant de la Révolution!
Vaine et folle prétention qui va toutefois nous obliger à chercher une solution de repli!
Je propose le Biazza: l'U.N.E.F. y a convoqué une réunion de crise.
Non, plutôt à l'Odéon. Adamov et Planchon y organisent un forum entre acteurs, ouvriers et étudiants!
Oui! À l'Odéon!
À l'Odéooooon!
Ar-tissss-étudiants-travailleurs-tous ensemble!!
Matheux-Khâgneux-théâtreux-même combat!!
Hé! Hélène! Quand tu auras convaincu ta frangine de s'inscrire chez les gardes rouges, venez nous rejoindre à l'Odéon!
Hééé!? Non!! Attendez!
Ouaiiiis! À l'Odéon! À l'Odéon!
À l'Odéoooooon!
LA LUTTE FINALE!
Ooooooo-déon-déon-déon, t'es pas de Bayoooonne!
25

Voilà, c'est malin! Tu les as fait partir! Tu es contente?
Oui!! Et tu devrais l'être aussi! Mais bon sang, tu ne comprends pas ce qui te pend au nez si tu continues à fréquenter cette bande de drogués!
Tu vas te retrouver sans diplôme et sans boulot! À la rue! Et avec un casier judiciaire à faire mourir de honte toute la famille!
Arrête! Mais arrrêêêête!!
Ras le bol de tes sermons à la noix! Le boulot! La famille! Le droit chemin! Pour une fois, essaye de regarder plus loin que le bout de ta craie, merde! Le monde est en train de basculer, là, maintenant! Et toi, tu me parles de diplômes!! N'importe quoi!!
Décidément, on ne vit pas sur la même planète, ma pauvre Annette! Tiens, des fois, je me demande comment on peut être sœurs!
BLAM
HALTE
PROFS-OUVRIERS-ETUDIANTS MÊME COMBAT!
Hé! Attendez-moi!
26

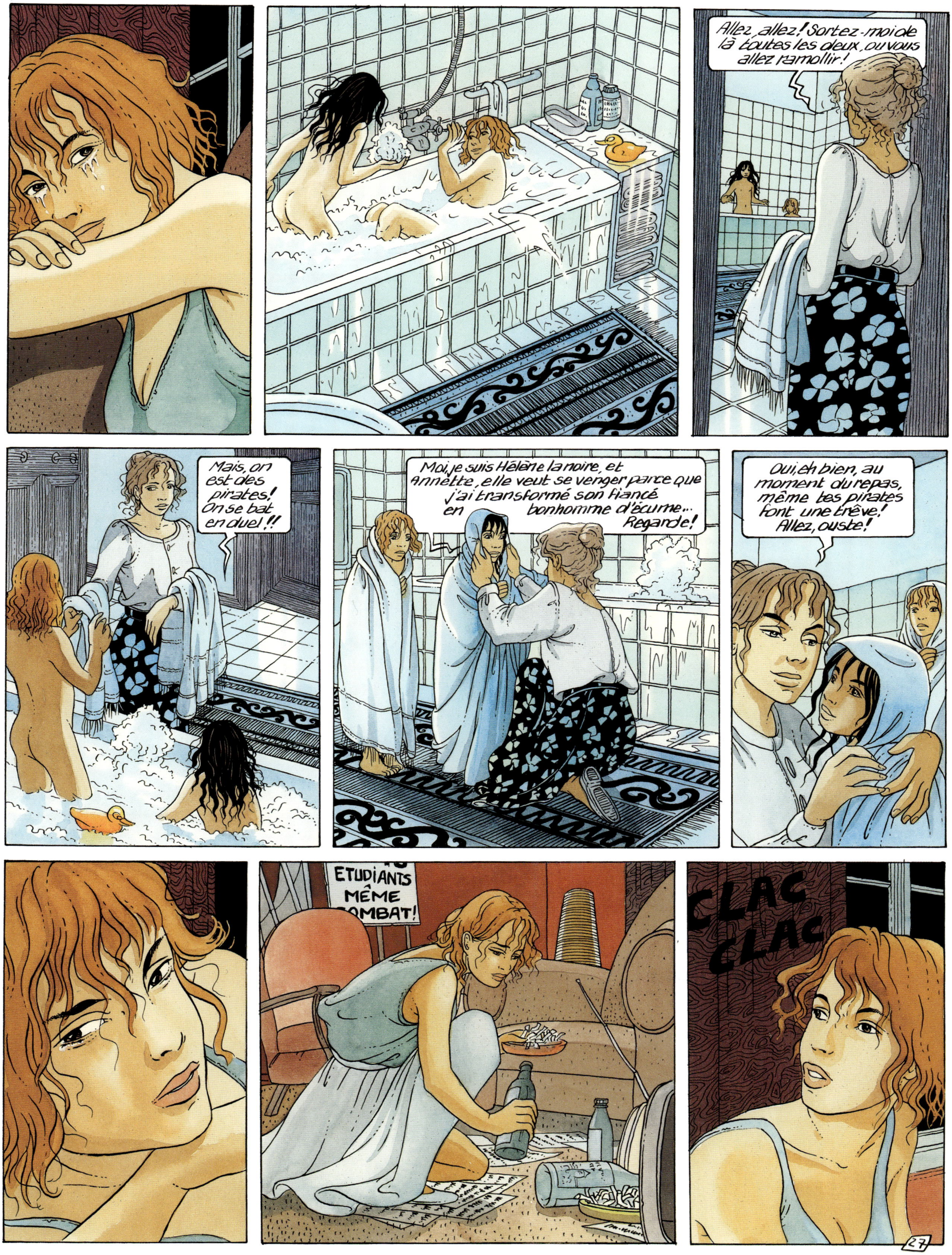
Allez, allez! Sortez-moi de là toutes les deux, ou vous allez ramollir!
Mais, on est des pirates! On se bat en duel!!
Moi, je suis Hélène la noire, et Annette, elle veut se venger parce que j'ai transformé son fiancé en bonhomme d'écume... Regarde!
Oui, eh bien, au moment du repas, même les pirates font une trêve! Allez, ouste!
ETUDIANTS MÊME COMBAT!
CLAC CLAC
27

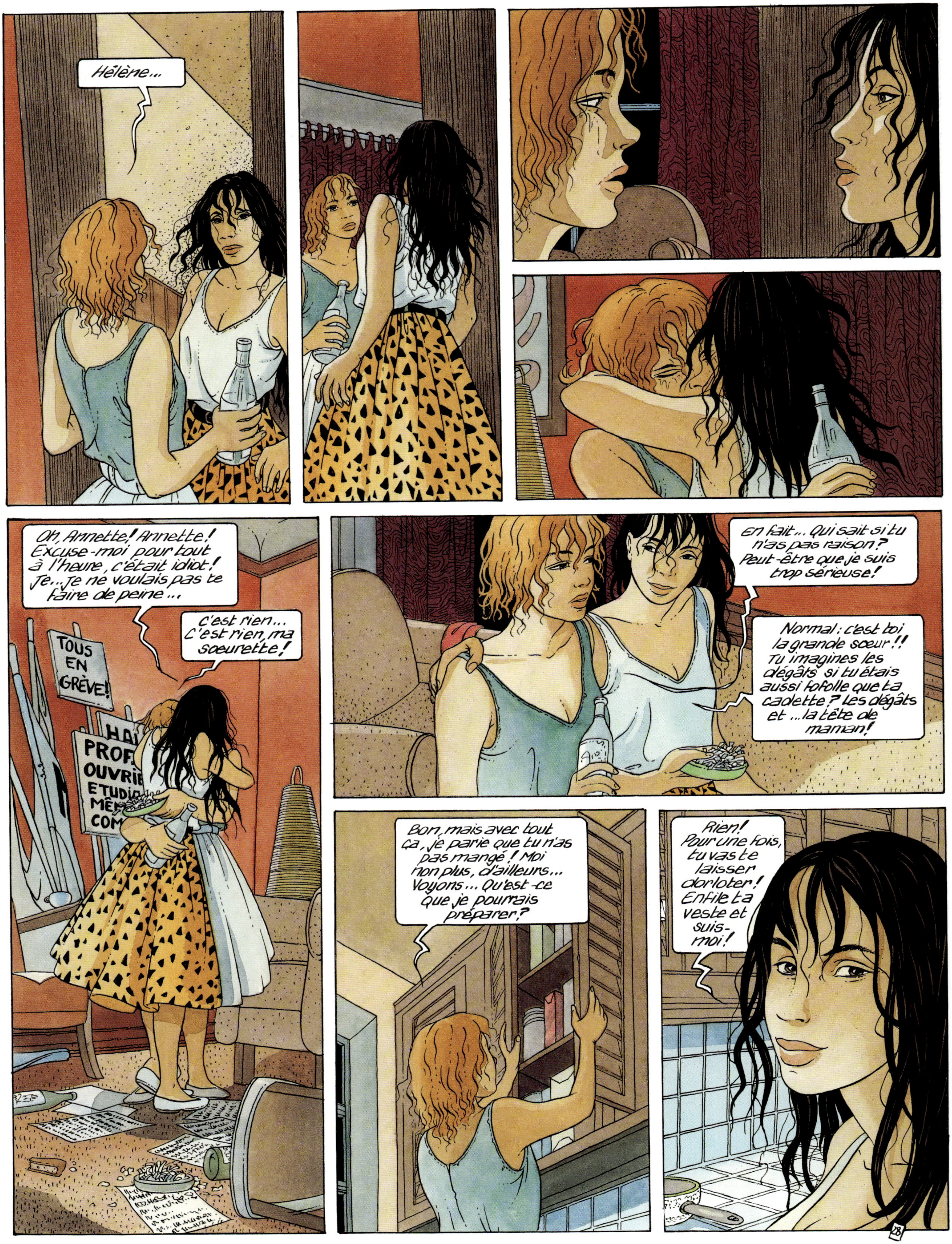
Hélène...
Oh, Annette! Annette! Excuse-moi pour tout à l'heure, c'était idiot! Je... je ne voulais pas te faire de peine...
C'est rien... C'est rien, ma soeurette!
TOUS EN GRÈVE!
En fait... Qui sait si tu n'as pas raison? Peut-être que je suis trop sérieuse!
Normal: c'est toi la grande soeur!! Tu imagines les dégâts si tu étais aussi fofolle que ta cadette? Les dégâts et ... la tête de maman!
Bon, mais avec tout ça, je parie que tu n'as pas mangé! Moi non plus, d'ailleurs... Voyons... Qu'est-ce que je pourrais préparer?
Rien! Pour une fois, tu vas te laisser dorloter! Enfile ta veste et suis-moi!

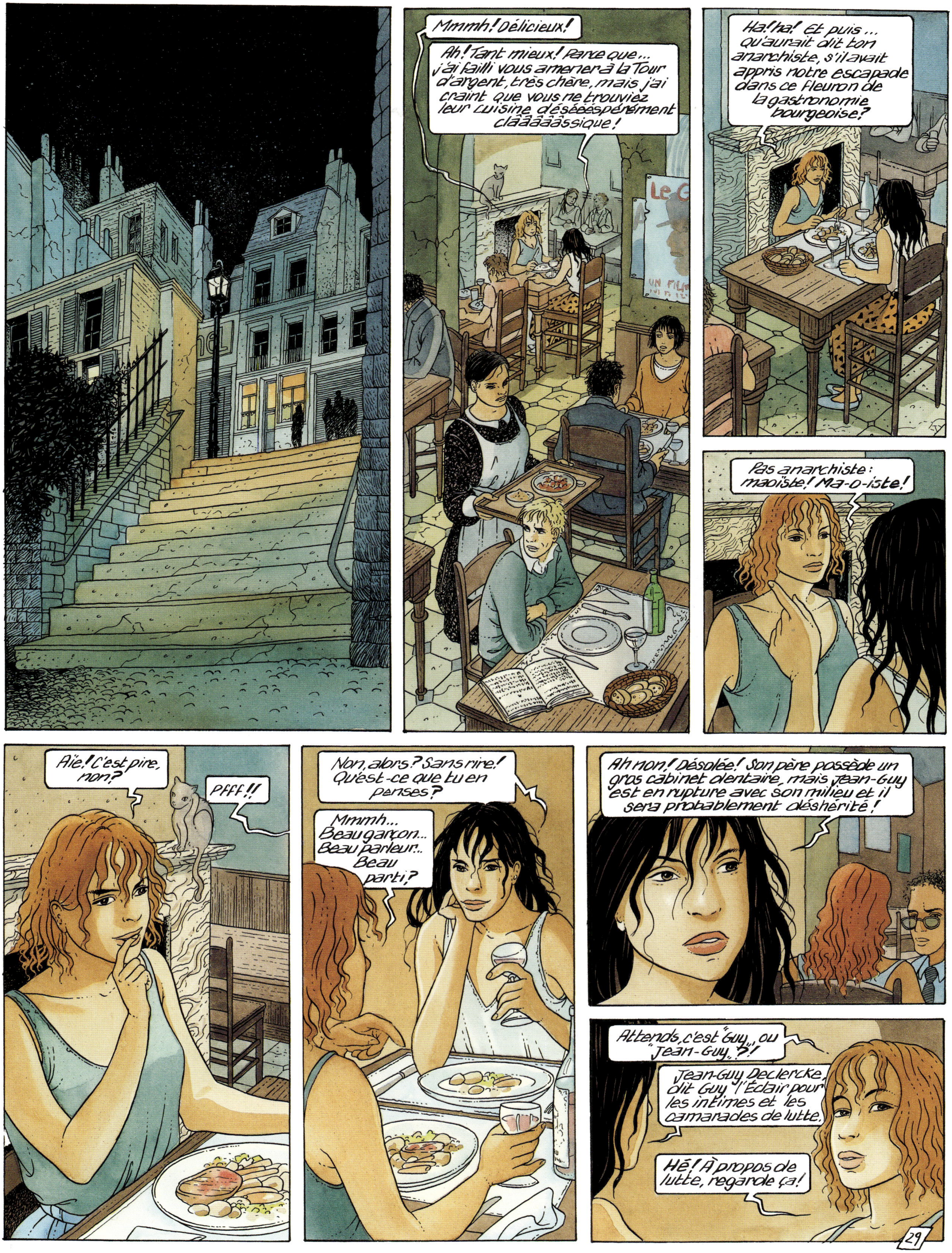

Mmmh! Délicieux!
Ah! Tant mieux! Parce que... j'ai failli vous amener à la Tour d'argent, très chère, mais j'ai craint que vous ne trouviez leur cuisine déséééspérément claââââassique!
Le G
Ha! ha! Et puis... qu'aurait dit ton anarchiste, s'il avait appris notre escapade dans ce fleuron de la gastronomie bourgeoise?
Pas anarchiste : maoïste! Ma-o-iste!
Aïe! C'est pire, non?
Pfff!!
Non, alors? Sans rire! Qu'est-ce que tu en penses?
Mmmh... Beau garçon... Beau parleur... Beau parti?
Ah non! Désolée! Son père possède un gros cabinet dentaire, mais Jean-Guy est en rupture avec son milieu et il sera probablement déshérité!
Attends, c'est "Guy" ou "Jean-Guy"?!
Jean-Guy Declercke, dit Guy "l'Éclair" pour les intimes et les camarades de lutte.
Hé! À propos de lutte, regarde ça!
29

...Des étudiants en colère auxquels se mêlent, semble-t-il, des éléments incontrôlés, harcèlent depuis plus d'une heure les C.R.S. débordés...
Dans une conférence de presse, tenue il y a un instant, le préfet Grimaud a néanmoins tenu à rassurer les Parisiens. D'après lui...
Zut! Maman va débarquer en plein cirque, on dirait...
Maman??
Ah oui, c'est vrai... Notre petite discussion de tout à l'heure m'a empêchée de te donner sa lettre. Elle se décide enfin à monter, figure-toi!
"Pour voir comment ses filles sont installées et se débrouillent sans elle!"
D'accord! Et évidemment, elle ne pouvait pas choisir un autre moment!
Elle arrive jeudi. Pile poil le jour de l'A.G. inter-facs à Nanterre. Impossible que je manque ça! Tu pourrais aller la chercher?
T'es pas gênée, toi!? Et mes révisions? Et mes cours?! Ils ne comptent pas autant que ton A.G?! En plus, je déteste les gares! Tu le sais!
Alleeeeez! S'il te plaît, c'est vraiment important ce qui va se passer à Nanterre!
Oui, bien sûr! L'avenir de l'université, peut-être même de la société est en jeu! Alors à côté, que représente la préparation besogneuse d'un ridicule petit concours de recrutement, hein?
Eh bien, non! Cette fois, tu ne m'auras pas, c'est toi qui iras la chercher. Et si tu ne peux pas, tant pis! Elle prendra un taxi!
30

Annette!!
Hé! J'ai cru que tu n'allais pas me voir!! Ça va?
Oui, oui, 'man! Bonjour! Juste un peu fatiguée... Tu as fait bon voyage?
À ton avis? Trois changements, et dix heures dans des trains bondés! Dix heures à transpirer, à écouter des grivoiseries de permissionnaires et à respirer des effluves de pâté, de sueur et de gitane maïs!
Mais le pire, c'est ce qu'on a vu à quelques kilomètres d'ici : les chars!!
Les chars?? Qu'est-ce que tu racontes?
Oui! Les chars! Les autochenilles! Les engins blindés! Les tanks, quoi! Je croyais ne plus jamais en revoir de ma vie!
Enfin, Maman, tu as rêvé! La situation est un peu tendue, c'est vrai, mais...
Quoi? Dis tout de suite que je suis folle! Des tanks, j'en ai vu plus qu'assez, il y a vingt-cinq ans! Je sais les reconnaître, crois-moi!
Oh, Seigneur! Qu'est-ce que...?!
31

Mais, à la radio, ils avaient dit que la situation était redevenue normale!?
Sans doute pour ne pas affoler les provinciaux... ou ne pas leur souffler de mauvaises idées... Allez, viens...
METRO
Tu sais, il faut vraiment que je vous aime, pour monter vous voir dans ces conditions!
Eeeenfin! Enfin, je peux voir où vivent mes filles!
Mmm... Il est temps que j'arrive! On se croirait vraiment chez les romanichels!
Dis donc! Tu ne crois pas que tu exagères?
Pas du tout. Moi à votre âge, j'avais un appartement irréprochable! Et pourtant, je ne gagnais pas lourd, crois-moi! Mais je me débrouillais. J'avais même le téléphone, le seul de l'immeuble!
D'ailleurs à propos de téléphone, vous auriez pu descendre dans une cabine et me dire ce qui se passait vraiment à Paris! Je serais venue plus tard!
32

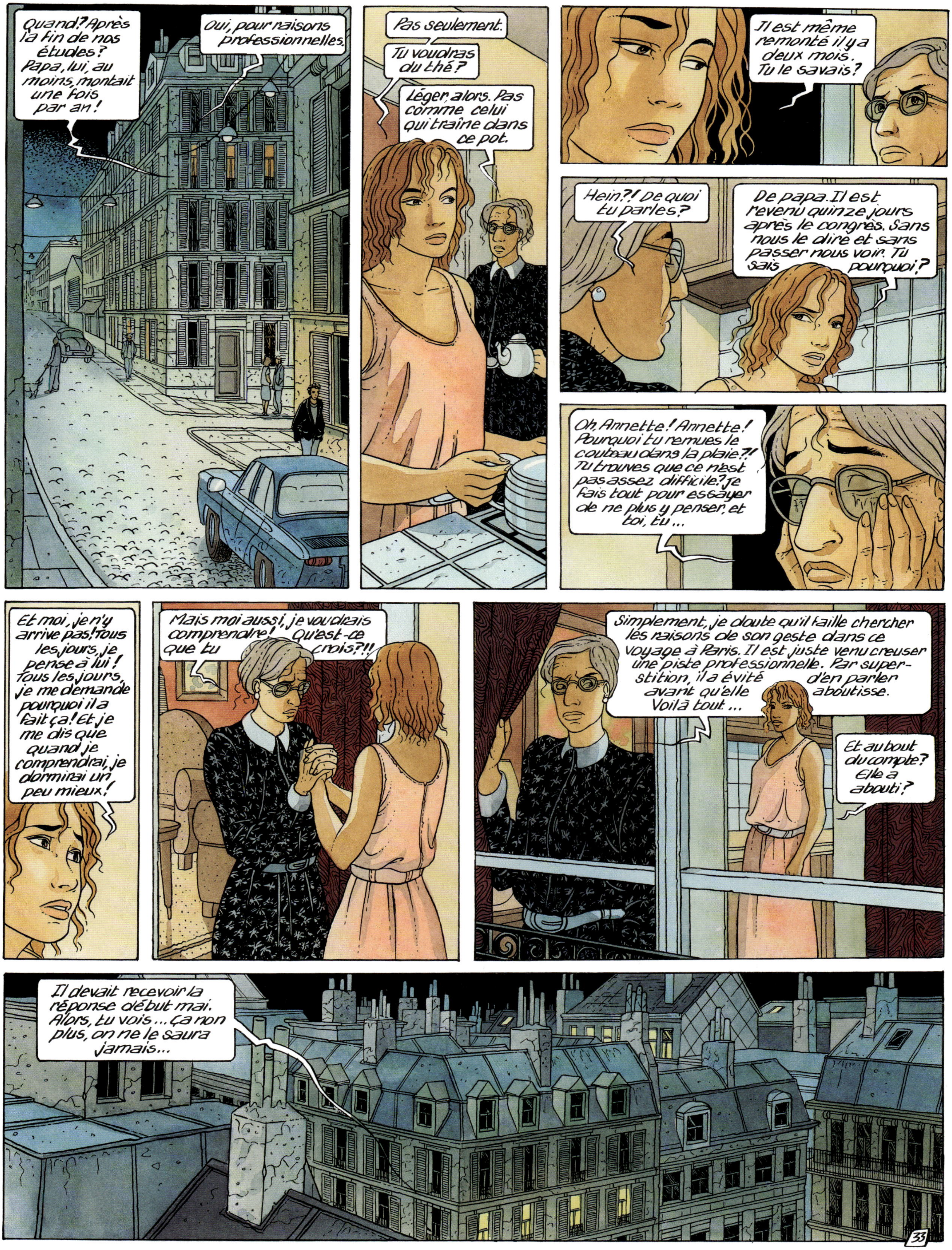
Quand? Après la fin de nos études? Papa, lui, au moins, montait une fois par an!
Oui, pour raisons professionnelles.
Pas seulement.
Tu voudras du thé?
Léger, alors. Pas comme celui qui traîne dans ce pot.
Il est même remonté il y a deux mois. Tu le savais?
Hein?! De quoi tu parles?
De papa. Il est revenu quinze jours après le congrès. Sans nous le dire et sans passer nous voir. Tu sais pourquoi?
Oh, Annette! Annette! Pourquoi tu remues le couteau dans la plaie?! Tu trouves que ce n'est pas assez difficile? Je fais tout pour essayer de ne plus y penser, et toi, tu...
Et moi, je n'y arrive pas! Tous les jours, je pense à lui! Tous les jours, je me demande pourquoi il a fait ça! Et je me dis que quand je comprendrai, je dormirai un peu mieux!
Mais moi aussi, je voudrais comprendre! Qu'est-ce que tu crois?!!
Simplement, je doute qu'il faille chercher les raisons de son geste dans ce voyage à Paris. Il est juste venu creuser une piste professionnelle. Par superstition, il a évité d'en parler avant qu'elle aboutisse. Voilà tout...
Et au bout du compte? Elle a abouti?
Il devait recevoir la réponse début mai. Alors, tu vois... ça non plus, on ne le saura jamais...
33

Quartier de la République. 13 mai.
Oooh, non!? C'est pas vrai! Encore fermé!!
C'est à cause de la manif unitaire...
Beaucoup de commerçants ont peur qu'elle ne dégénère...
... iants... iers... ... ous... unis! ... ienlit... C'est lui...
Révolution!! Révolution!!
De Gaulle-t'es-foutu! Le pou-voir-est-dans la rue!
Dix ans! Dix ans! Ça-su-ffit!
Etudiants - enseignants-ouvriers - Tous-u-nis!
DE GAULLE
L'AVENIR EST DANS VOS MAINS
REVOLUTION
ETUDIANTS + OUVRIERS = SOLIDARITÉ
CGT + SYND
REVOL
Mais, c'est la révolution! Annette, tu entends!? Ils le disent! Oh! Seigneur!
Calme-toi, enfin! Ce sont juste des mots! Tu vois bien que c'est un défilé pacifique!
Pacifique!? Avec des slogans pareils!!?
TION
Eh bien moi, je n'ai pas envie de voir ce qui va se passer quand tes hordes de "pacifiques" vont dépaver les rues, casser les vitrines et incendier les voitures! Demain, je rentre à St Agnel!
34

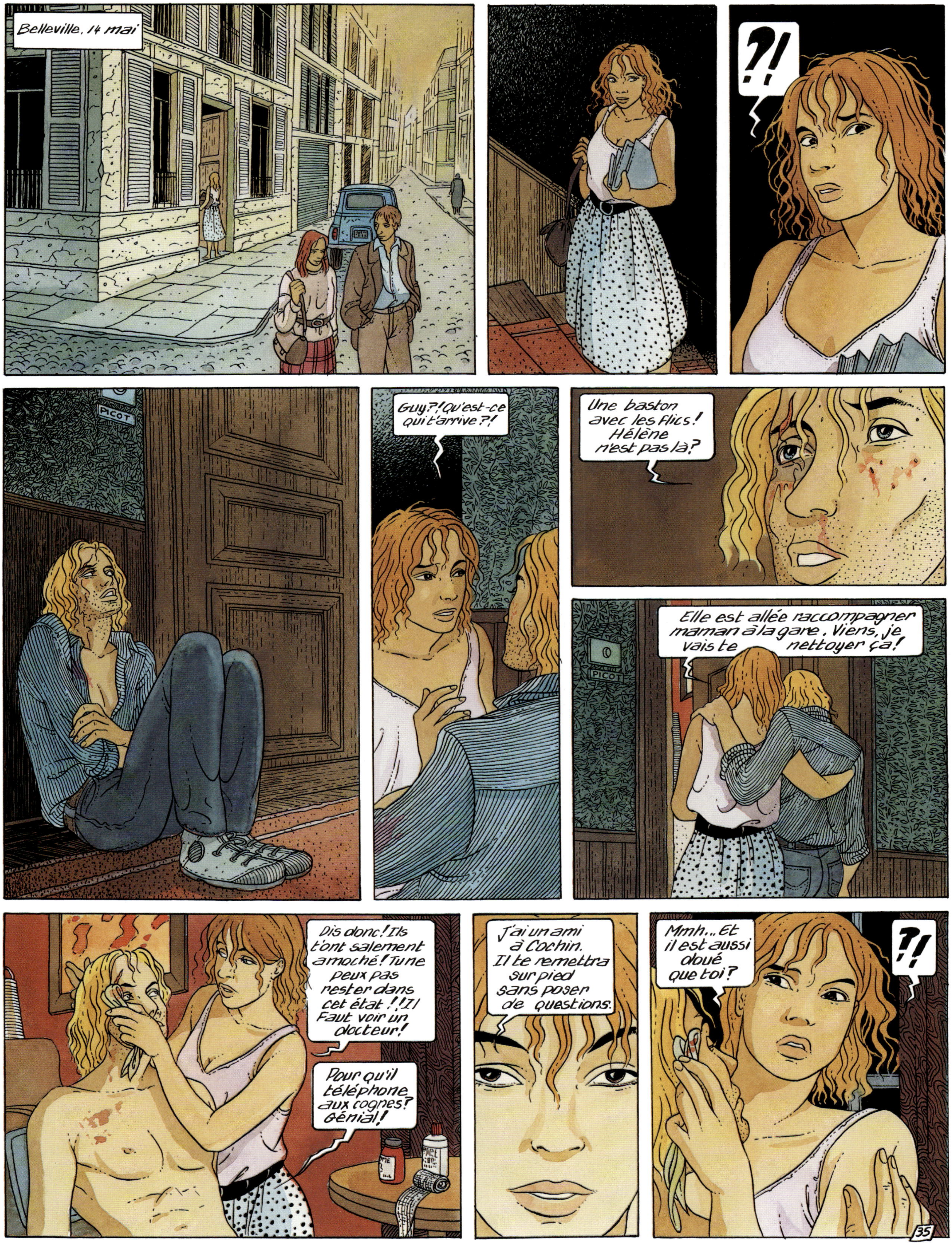

Belleville, 14 mai
?!
PICOT
Guy?! Qu'est-ce qui t'arrive?!
Une baston avec les flics! Hélène n'est pas là?
Elle est allée raccompagner maman à la gare. Viens, je vais te nettoyer ça!
PICOT
Dis donc! Ils t'ont salement amoché! Tu ne peux pas rester dans cet état!!Il faut voir un docteur!
Pour qu'il téléphone aux cognes? Génial!
J'ai un ami à Cochin. Il te remettra sur pied sans poser de questions.
Mmh... Et il est aussi doué que toi?
?!
35

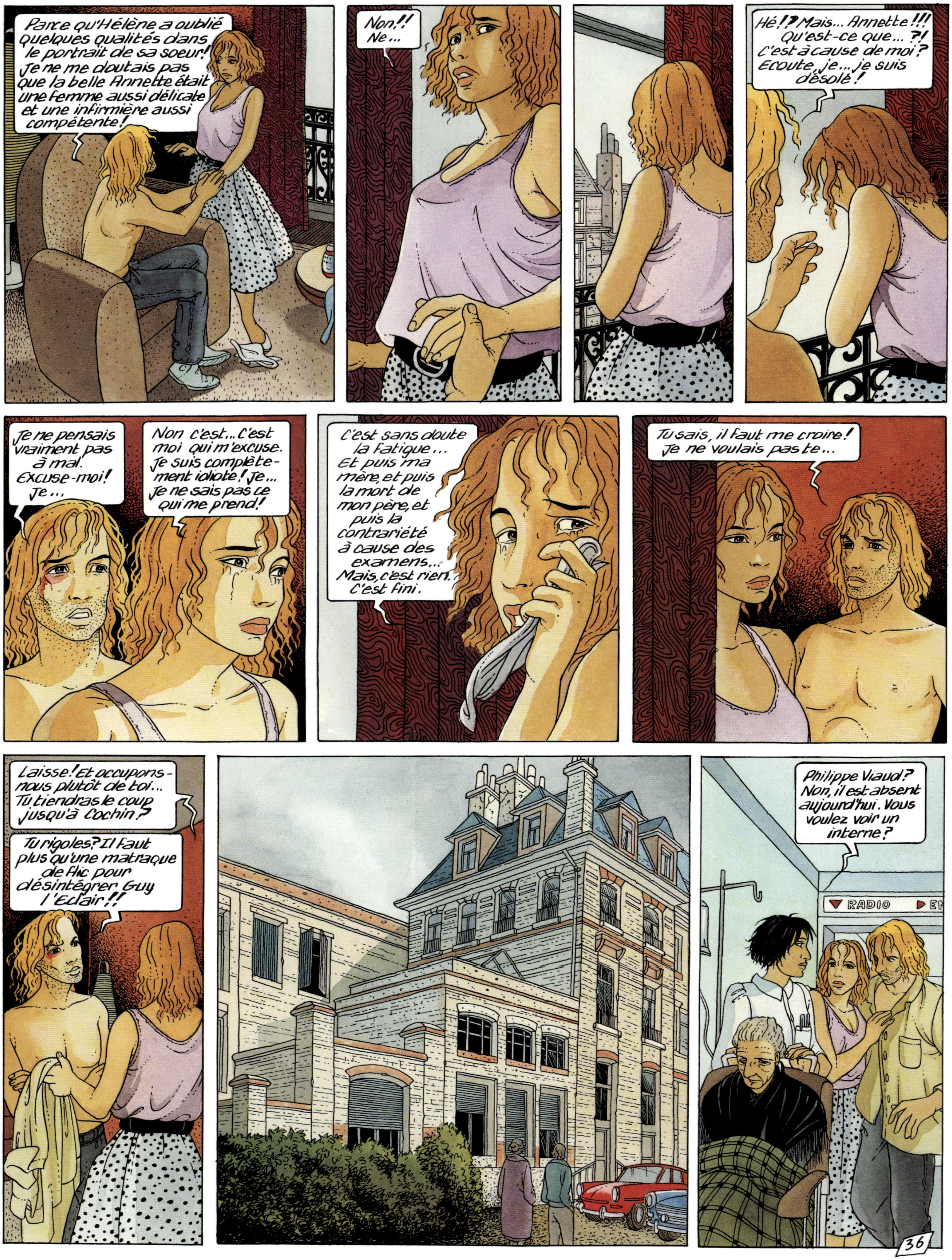
Parce qu'Hélène a oublié quelques qualités dans le portrait de sa soeur! Je ne me doutais pas que la belle Annette était une femme aussi délicate et une infirmière aussi compétente!
Non!! Ne...
Hé!? Mais... Annette!!! Qu'est-ce que... ?! C'est à cause de moi? Ecoute, je... je suis désolé!
Je ne pensais vraiment pas à mal. Excuse-moi! Je...
Non c'est... C'est moi qui m'excuse. Je suis complète-ment idiote! Je... Je ne sais pas ce qui me prend!
C'est sans doute la fatigue... Et puis ma mère, et puis la mort de mon père, et puis la contrariété à cause des examens... Mais, c'est rien. C'est fini.
Tu sais, il faut me croire! Je ne voulais pas te...
Laisse! Et occupons-nous plutôt de toi... Tu tiendras le coup jusqu'à Cochin?
Tu rigoles? Il faut plus qu'une matraque de flic pour désintégrer Guy l'Eclair!!
Philippe Viaud? Non, il est absent aujourd'hui. Vous voulez voir un interne?
RADIO
36

Euh... Non, merci. On... on va se débrouiller autrement...
Comme vous voudrez. Bonne chance.
Un instant...! Je peux voir votre blessure?
C'est-à-dire...
Mmmh... Plus impressionnant qu'autre chose...
Suivez-moi.
Hem! Je... je me suis fait ça en sautant par-dessus un banc... J'étais en retard et...
Je ne vous demande rien.
...Sauf peut-être de remuer un peu moins!
Excusez-moi, mais... nous ne nous sommes pas déjà vues?
Je... je ne crois pas.
Comment vous appelez-vous?
37

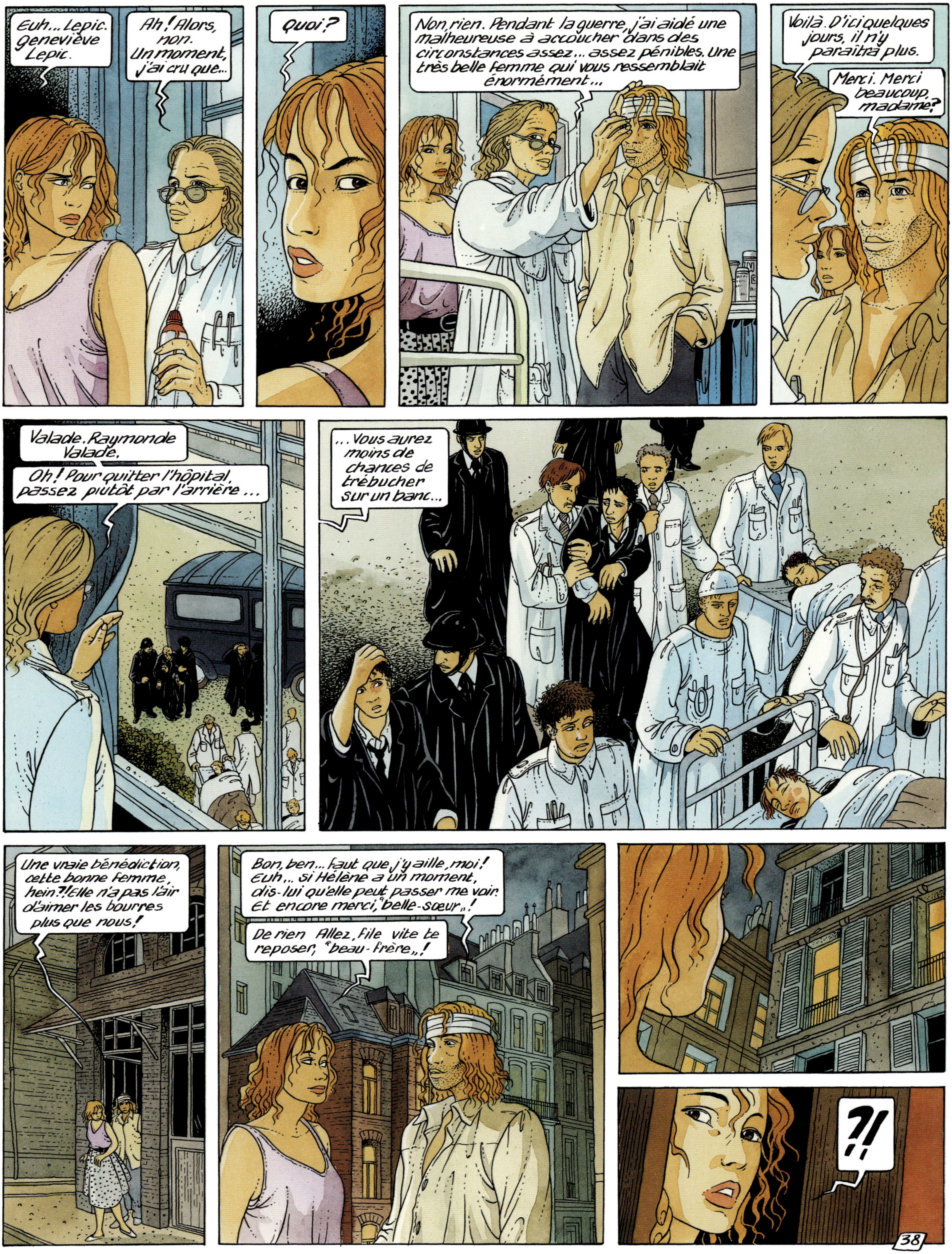
Euh... Lepic. Geneviève Lepic.
Ah! Alors, non. Un moment, j'ai cru que...
Quoi?
Non, rien. Pendant la guerre, j'ai aidé une malheureuse à accoucher dans des circonstances assez... assez pénibles. Une très belle femme qui vous ressemblait énormément...
Voilà. D'ici quelques jours, il n'y paraîtra plus.
Merci. Merci beaucoup, madame?
Valade. Raymonde Valade.
Oh! Pour quitter l'hôpital, passez plutôt par l'arrière...
...Vous aurez moins de chances de trébucher sur un banc...
Une vraie bénédiction, cette bonne femme, hein?! Elle n'a pas l'air d'aimer les bourres plus que nous!
Bon, ben... faut que j'y aille, moi! Euh... si Hélène a un moment, dis-lui qu'elle peut passer me voir. Et encore merci, "belle-sœur"!
De rien. Allez, file vite te reposer, "beau-frère"!
?!
38

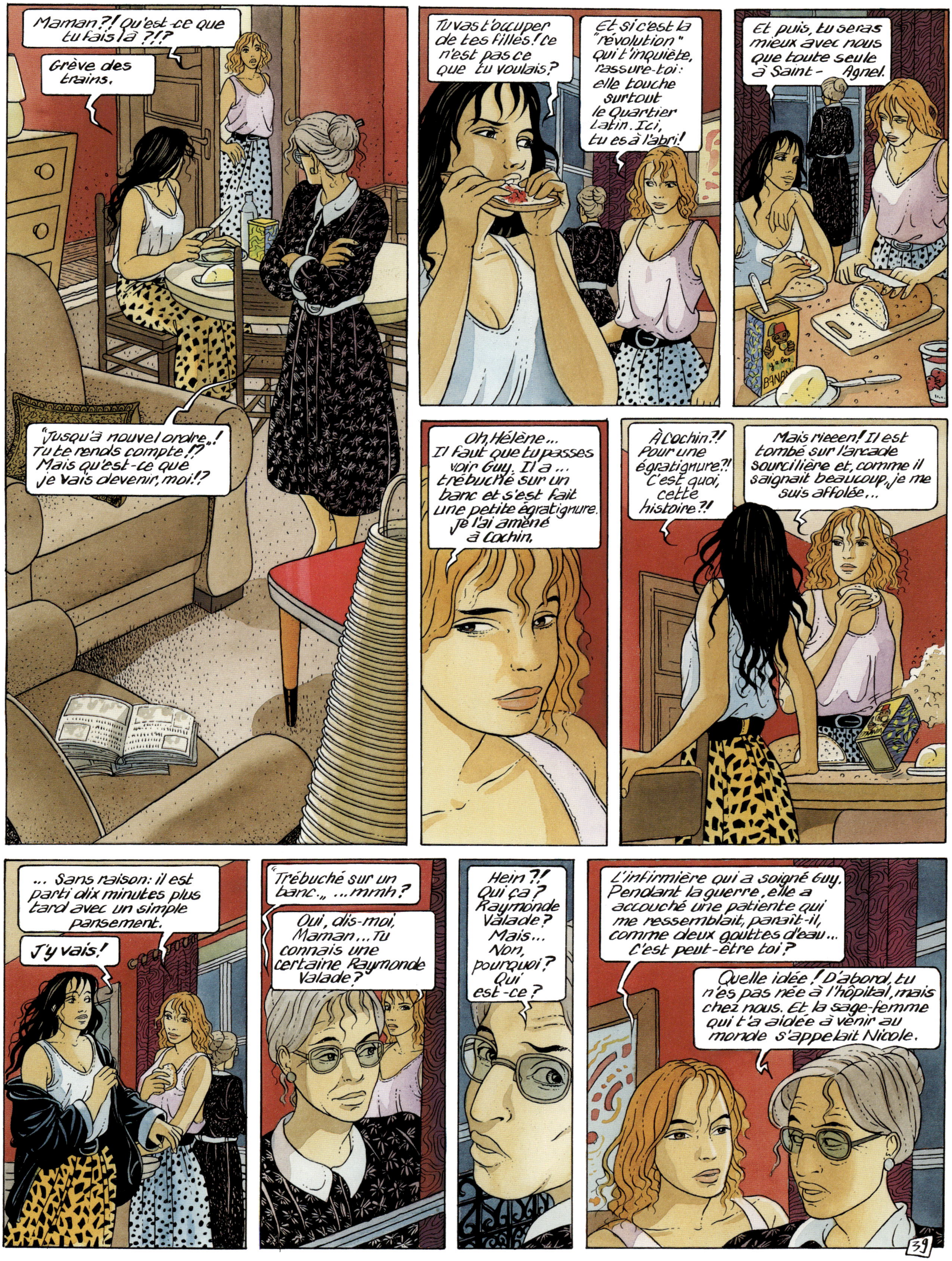
Maman?! Qu'est-ce que tu fais là?!?
Grève des trains.
"Jusqu'à nouvel ordre"! Tu te rends compte!? Mais qu'est-ce que je vais devenir, moi!?
Tu vas t'occuper de tes filles! Ce n'est pas ce que tu voulais?
Et si c'est la "révolution" qui t'inquiète, rassure-toi: elle touche surtout le Quartier Latin. Ici, tu es à l'abri!
Et puis, tu seras mieux avec nous que toute seule à Saint-Agnel.
Oh, Hélène... Il faut que tu passes voir Guy. Il a... trébuché sur un banc et s'est fait une petite égratignure. Je l'ai amené à Cochin.
À Cochin?! Pour une égratignure?! C'est quoi, cette histoire?!
Mais rieeen! Il est tombé sur l'arcade sourcilière et, comme il saignait beaucoup, je me suis affolée...
... Sans raison: il est parti dix minutes plus tard avec un simple pansement.
J'y vais!
"Trébuché sur un banc." ...mmh?
Oui, dis-moi, Maman... Tu connais une certaine Raymonde Valade?
Hein?! Qui ça? Raymonde Valade? Mais... Non, pourquoi? Qui est-ce?
L'infirmière qui a soigné Guy. Pendant la guerre, elle a accouché une patiente qui me ressemblait, paraît-il, comme deux gouttes d'eau... C'est peut-être toi?
Quelle idée! D'abord, tu n'es pas née à l'hôpital, mais chez nous. Et la sage-femme qui t'a aidée à venir au monde s'appelait Nicole.
39

Et... tu dirais que tu as accouché dans des "circonstances pénibles"?
Évidemment! Qu'est-ce que tu crois!? Qu'enfanter en 42, en pleine période de répression, de peur et de rationnement, c'était une partie de plaisir?!
Inutile de me raconter des histoires, Maman. Je sais tout.
Quoi, "tout"?!? Qu'est-ce que tu veux dire?!
Je ne suis pas idiote, va! Ces réflexions qui vous échappaient, ta façon de me parler, le changement de ton regard selon qu'il se posait sur moi ou sur Hélène... Bref, tous ces petits riens auxquels j'essayais de ne pas attacher trop d'importance... Eh bien, j'ai fini par en comprendre la signification...
Je suis née par accident! Je suis là parce que vous ne pouviez pas faire autrement, mais je ne suis pas une enfant désirée comme Hélène!
Annette!
Quoi, Annette?! Ce n'est pas vrai?!? Alors montre-moi le livret de famille! On comparera les dates!
Mais que tu es bête, ma fille! Que tu es bêêête!
Si nous avions eu vraiment le choix, nous aurions attendu un meilleur moment pour avoir notre premier enfant, c'est vrai... Mais nous l'aurions eu quand même! La preuve: nous en avons fait un second! Alors, qu'est-ce que ça change?
Comment peux-tu imaginer que nous t'aimions moins parce que tu es venue deux ou trois ans trop tôt? Mmm? Aaaallez! Enlève-toi ces idées ridicules de la tête. J'aime mes deux filles exactement de la même manière!
40

* INSTITUT DE RECHERCHE ET D'HISTOIRE DES TEXTES

...Et comme nous ne pouvions pas prévoir votre réaction, je... je vous ai donné un faux nom...
...En réalité, je m'appelle Annette. Annette Picot.
Annette...
Oh, mon Dieu!! Alors c'était bien moi!? C'était moi, cette enfant que vous avez aidée à naître?!?
D'après ma mère, pourtant, la sage-femme s'appelait Nicole!?
Votre mère?
BIIIIIIIIP
Oui. Pourquoi?
Oh! Excusez-moi. On m'appelle!!
BIIIIIIIIIIIIP
Je peux vous attendre si vous voulez!
Non, non! Je suis débordée, aujourd'hui. Et demain, c'est mon jour de repos. La semaine prochaine si vous voulez!
Mais je crains bien de vous avoir perturbée pour rien. Cette histoire est très ancienne et ma mémoire me joue souvent des tours! Et puis... à la réflexion, vous ne ressemblez pas tant que ça à mon accouchée...
42

RADIOGRAPHIE
MATERNITE
PEDIATRIE
LABORATOIRE
GYNECOLOGIE
Oui, c'est vrai... j'admets qu'elle a eu une attitude bizarre, mais... tu sais... On ne peut pas demander à ceux qui ont vécu cette période d'en parler sereinement! Ni même de réagir de façon tout à fait rationnelle...
Quand même!
En attendant, je me rends compte que pour tout ce qui touche à ma petite enfance, je suis totalement dépendante de ce qu'on me raconte. Je n'en garde aucun souvenir par moi-même!
Bah! Moi non plus, je ne me rappelle plus grand-chose de ce que j'ai fait avant l'école primaire!
Eh bien plus le temps passe, plus j'ai envie de savoir. Et davantage encore depuis que papa est mort.
Dis... tu connais la rue au Lard, dans le Marais?
Non, qu'est-ce qu'elle a de spécial?
C'est là qu'habitaient mes parents... et là que je suis née. J'ai réussi à extorquer l'adresse à ma mère. Et je... j'ai envie d'aller voir. Tu veux bien m'accompagner?
COIFFEUR
CAFE
QUITES
La rue au Lard? Ah ça, ma p'tite dame, l'aurait fallu venir kèk z'années plus tôt! Y a longtemps qu'elle a disparu!
43

Eh oui ! Le monde bouge... Voilà pourquoi il vaut mieux regarder vers l'avenir que vers le passé !
T'as rien trouvé de plus con à dire ? Si tu tiens vraiment à débiter ce genre d'inepties, évite au moins de le faire devant une historienne !
Houlààà ! Du calme ! Je voulais juste t'aider...
Eh bien, c'est raté. On n'aide pas une femme en train de reconstruire ses souvenirs en dénigrant le passé. Tout comme on n'aide pas une fille qui vient de perdre son père en manquant l'enterrement !
Tiens ! Y avait longtemps ! Bon, écoute... En ce moment, quoi que je dise ou quoi que je fasse, tu le prends de travers. Alors, il vaut mieux que je te laisse. Tu me feras signe quand tu seras de meilleur poil.
ANTIQUITES
44

Quai de l'Horloge - 18 mai.
J'avais même le téléphone! Le seul de l'immeuble.
Pardon, monsieur... Vous auriez le bottin de 1942?
Le bottin de 42? Et pourquoi pas le calendrier de 1815?
Excusez-moi.
Làààà! Là! Elle reste zen, la demoiselle! Je plaisantais! Elle trouvera pas ça chez moi, c'est vrai, mais il faut qu'elle aille voir Pierrot...
...Juste avant le Pont-au-Change. L'est spécialiste de tout ce qui touche aux timbres et à la poste. Il lui dégottera bien Kek'chose!
45

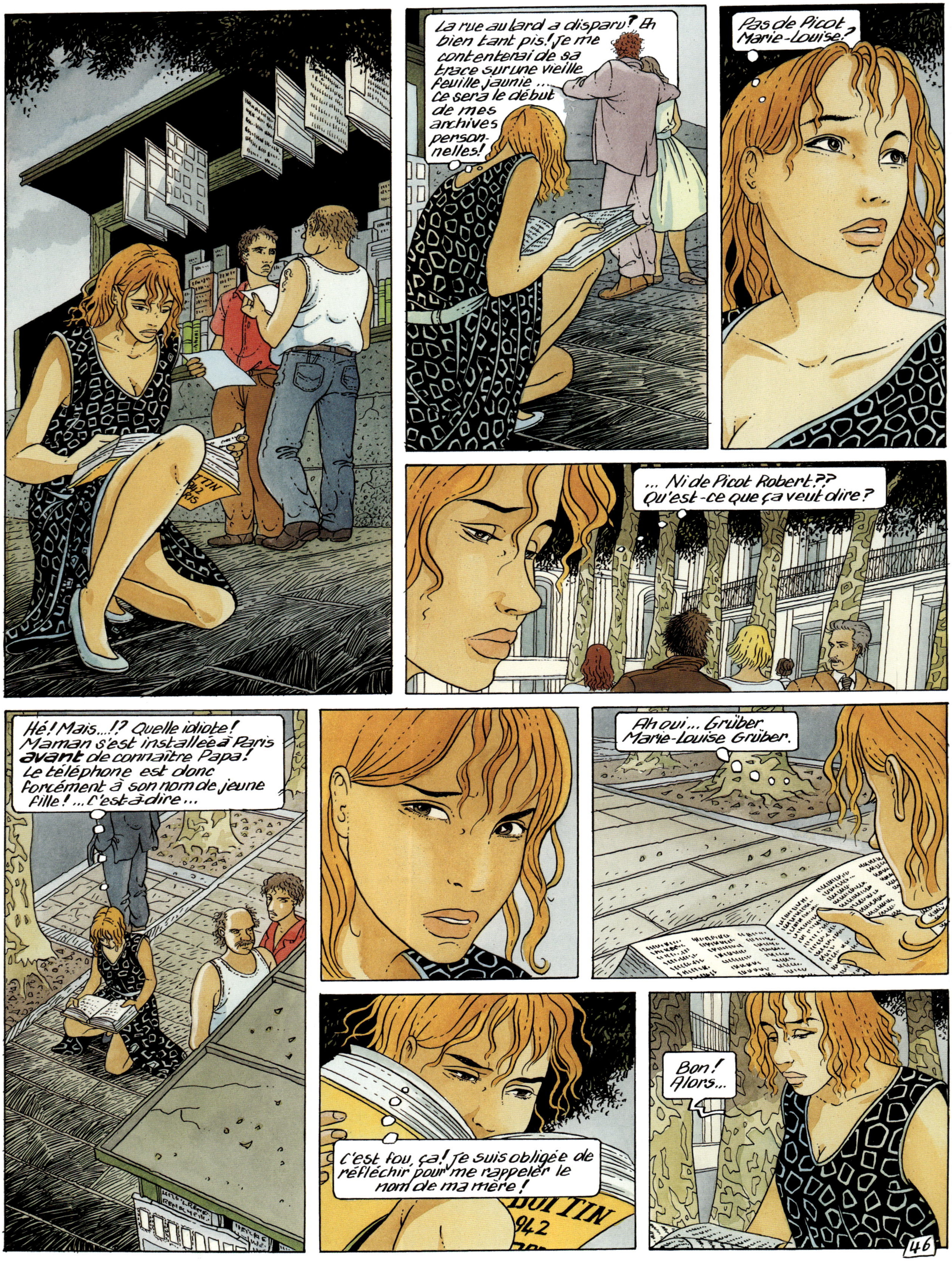
La rue au lard a disparu? Eh bien tant pis! Je me contenterai de sa trace sur une vieille feuille jaunie... ce sera le début de mes archives personnelles!
Pas de Picot Marie-Louise?
... Ni de Picot Robert?? Qu'est-ce que ça veut dire?
Hé! Mais...!? Quelle idiote! Maman s'est installée à Paris avant de connaître Papa! Le téléphone est donc forcément à son nom de jeune fille! ... C'est-à-dire...
Ah oui... Grüber. Marie-Louise Grüber.
C'est fou, ça! Je suis obligée de réfléchir pour me rappeler le nom de ma mère!
Bon! Alors...
46

Grüber Lucien 10 rue Vivienne 1° A
Grüber Marcel 58 rue Laugier XVII°
Grüber Marie-louise et Julienne 5
Grüber Maurice 37 rue St Ambroise
Nathanaël 4 rue d'Athènes
er Lucien 10 rue Vivienne 1°
ber Marcel 58 rue Laugier XVI
ber Marie-louise et Julienne
ber Maurice 37 ue St Ambro
ber Nathanaël 4 'Athèn
et Julienne
Hé!? Ho! La p'tiote?! Ça va??
Tu te sens bien?
Oui, oui... Ça va aller... Combien, le bottin?
47

Je l'appellerai Julienne!
Mais... pourquoi Julienne?!
Ce n'est pas un nom de poupée! Tu ne préférerais pas...?
Et maintenant? Qu'est-ce que tu vas pouvoir inventer comme mensonge, Maman?
"Maman..."
nne 5 rue Charlemagne
IVe Arrdt ST-P
Après tout...
48

Les sœurs Grüber? Bien sûr que je m'en souviens! Deux jeunes Juives, mais très comme il faut. Elles habitaient là-haut ... Voyez?
Elles venaient des Cévennes, je crois... On a d'abord vu débarquer l'aînée, puis la cadette a suivi deux ou trois ans plus tard. Une belle jeune fille d'ailleurs, à qui les messieurs du quartier ne manquaient jamais de faire un brin de cour!
Mais les pauvres en étaient pour leurs frais: la pétiote avait un fiancé!
D'ailleurs, les deux tourtereaux n'avaient pas dû prendre toutes leurs précautions, vu que Julienne s'est retrouvée... enfin... Vous me comprenez!
Mais bon... Avec ce qui lui est arrivé, on peut pas la blâmer, hein?
Ce qui lui est arrivé?
Oui, la rafle du Vel d'Hiv, vous savez? Ils l'ont arrêtée quelques jours avant l'accouchement, la pauvrette! On n'a plus jamais entendu parler d'elle...
49

Enfin! Espérons que vous, les jeunes, vous ne connaîtrez jamais ça! Quand j'y pense... Une si belle jeune femme!
Ah, c'était une bien triste époque... En ce temps-là, ça, oui! On avait de vraies raisons de se plaindre!
Oh, mais... !? Ça y est! Ce visage... Cette façon de pencher la tête! Je me souviens, maintenant! Et ce timbre un peu voilé... Je sais où je l'ai déjà entendu!
C'était ici même, parole! Pendant la guerre! Vous êtes tout simplement le portrait craché de... Hé!?! Où êtes-vous? Mademoiselle?
Mademoiselle??
Mademoiselle?
50

RASSERIE
AVENUE
SIMON BOLIVAR
RUE
DE
BELLEVILLE
20e
AMSTEL BR
BLAM
Pourquoi ?
Hé !?!
Mais qu'est-ce qui te prend ?.?!
Tu es complètement folle !? Reprends-toi !! Tu...
Pourquooiiiii?!
Pourquoi m'as-tu menti
pendant vingt-cinq
ans ?!?
51

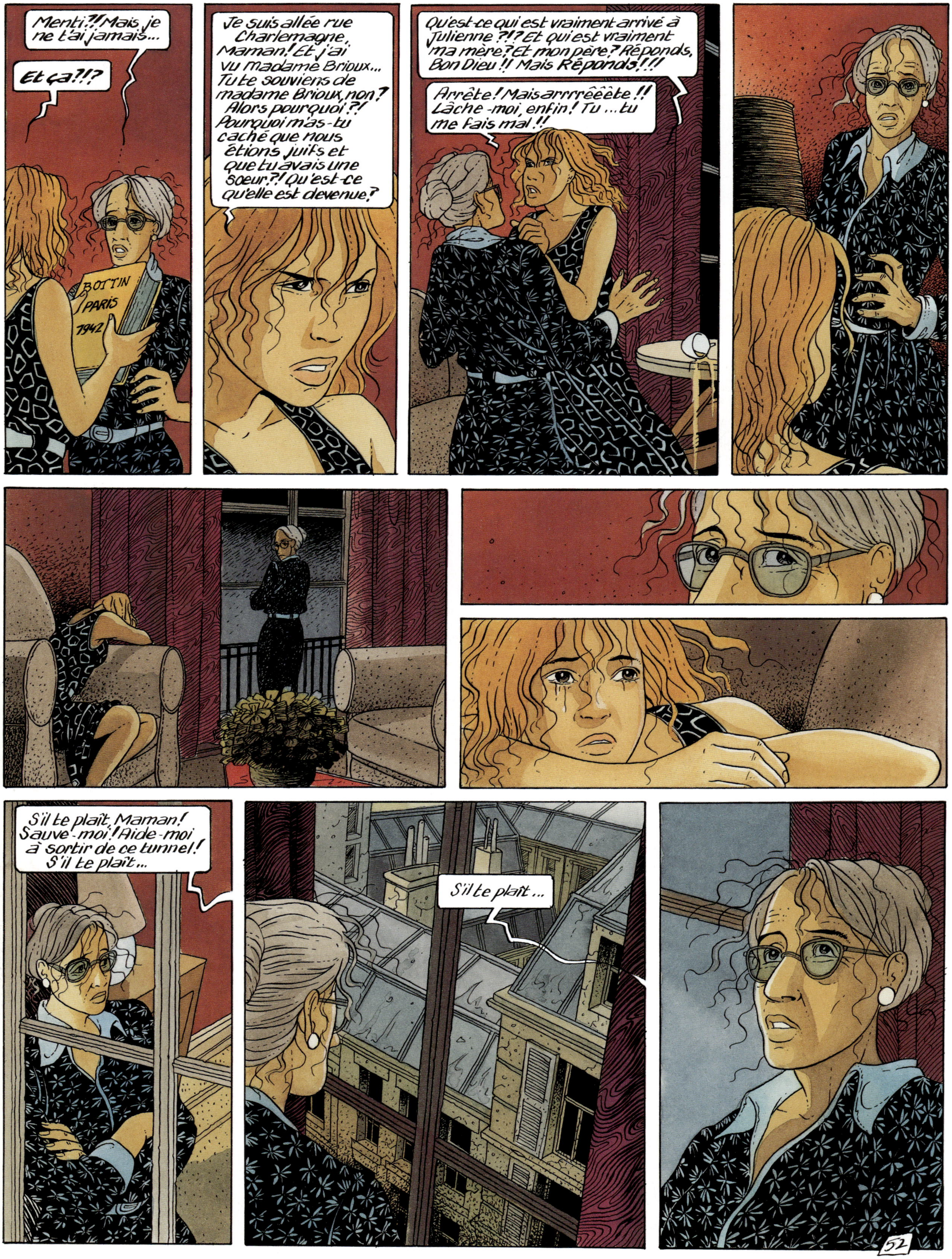
Menti?!! Mais je ne t'ai jamais...
Et ça?!?
BOTTIN PARIS 1942
Je suis allée rue Charlemagne, Maman! Et j'ai vu madame Brioux... Tu te souviens de madame Brioux, non? Alors pourquoi?! Pourquoi m'as-tu caché que nous étions juifs et que tu avais une soeur?! Qu'est-ce qu'elle est devenue?
Qu'est-ce qui est vraiment arrivé à Julienne?!? Et qui est vraiment ma mère? Et mon père? Réponds, Bon Dieu!! Mais Réponds!!!
Arrête! Mais arrrrêêête!! Lâche-moi, enfin! Tu... tu me fais mal!!
S'il te plaît, Maman! Sauve-moi! Aide-moi à sortir de ce tunnel! S'il te plaît...
S'il te plaît...
52

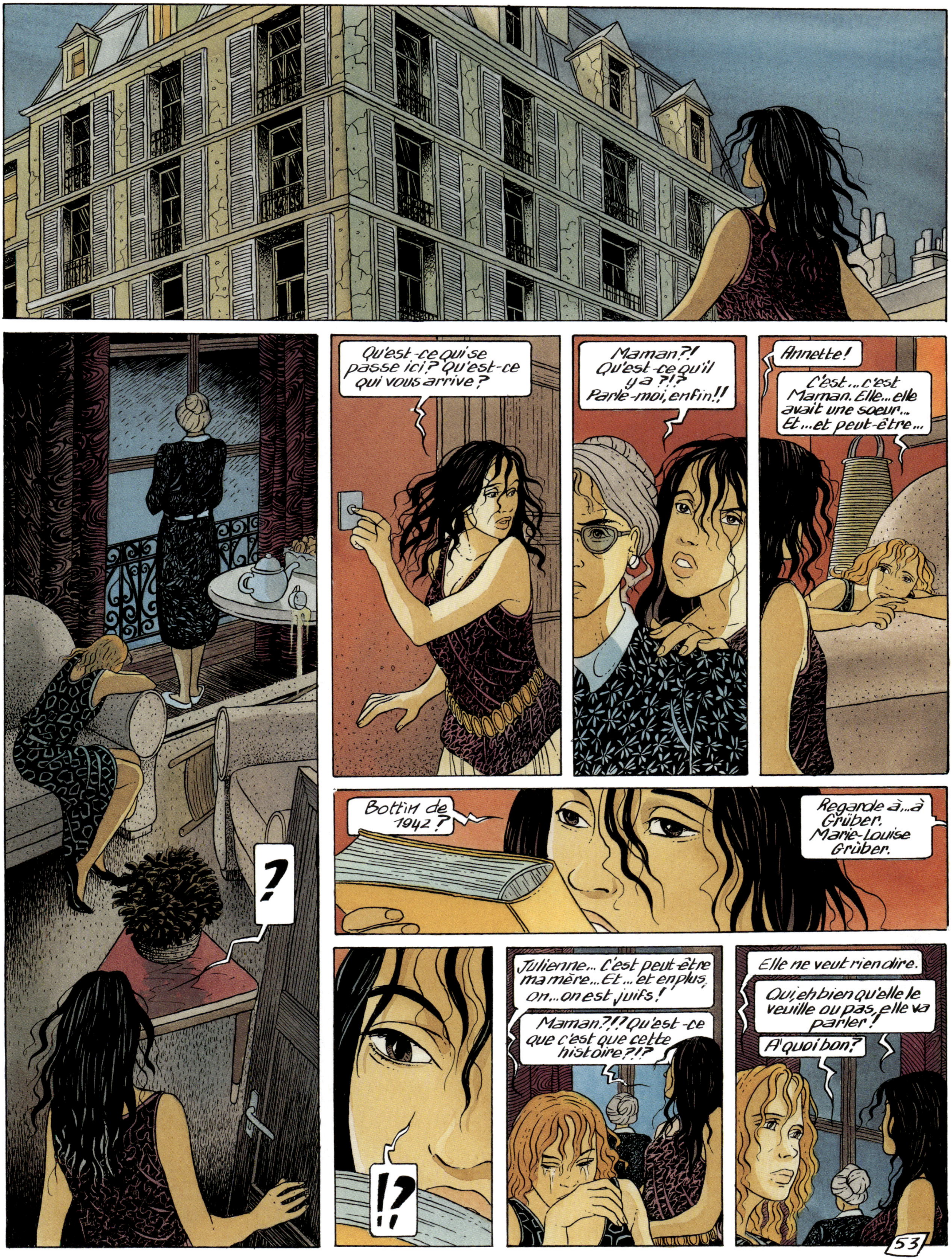

?
Qu'est-ce qui se passe ici? Qu'est-ce qui vous arrive?
Maman?! Qu'est-ce qu'il y a?!? Parle-moi, enfin!!
Annette!
C'est... c'est Maman. Elle... elle avait une soeur... Et... et peut-être...
Bottin de 1942?
Regarde à... à Grüber. Marie-Louise Grüber.
!?
Julienne... C'est peut-être ma mère... Et... et en plus, on... on est juifs!
Maman?!? Qu'est-ce que c'est que cette histoire?!?
Elle ne veut rien dire.
Oui, eh bien qu'elle le veuille ou pas, elle va parler!
A quoi bon?
53

Comment ça, "à quoi bon"?! Je suis juive et je ne le savais pas, Annette n'est peut-être pas ma soeur, je découvre à vingt ans que je ne connais rien du véritable passé de ma mère, et tu me demandes "à quoi bon"?! Mais tu planes ou quoi?
Ça changera quoi de savoir?
Mais tout! Ça changera tout! Ça me permettra de comprendre enfin tout un tas de détails obscurs! Tout un tas de souffrances sans cause apparente! Tout un mal-être que je traîne depuis des années sans en trouver l'origine!!
Et ça nous permettra de découvrir qui nous sommes vraiment! Nous en avons le droit, non?!
Le droit? Oui... Peut-être... Sans doute. Comme moi j'avais le droit... Non: le devoir!... Le devoir de vous protéger. De vous épargner des souffrances inutiles en taisant ce passé...
Mais puisque vous ne me laissez plus le choix, alors... tant pis pour vous! Tant pis pour toi, surtout...
Tant pis pour toi, Annette...
54